山海經數字幻旅 2

共工怒觸不周山

在成長數字教育開發團隊 編繪

全書錄音

中華教育

女媧走了之後，靈賢和靈盼想多採一些草藥幫助人類。他們聽說奎山那裏草藥特別多，這天便一起來到了奎山採摘。

這時玄鳥急急忙忙地飛過來，悄聲喊着：「這座山上住着共工和祝融兩位神仙。水神共工，掌管着水，能讓江河湖海掀起大浪；火神祝融，掌管着火，能讓熊熊大火燃燒。可他們倆關係不太好，老是愛吵架，你們可得小心點兒！」

靈賢和靈盼聽了玄鳥的話，點了點頭說：「謝謝你提醒我們，玄鳥，我們會小心的。」

可沒過多久，原本晴朗的天空突然暗了下來，緊接着電閃雷鳴。靈盼趕緊停下手裏的活兒，着急地說：「要下雨了！我們快找個地方躲躲吧！」

就在這時，玄鳥突然飛過來，大聲喊道：

不好啦！
不好啦！

「共工生氣，用水把祝融的光明宮淹了！」
靈賢和靈盼聽了，大吃一驚。

靈盼着急地說：「這可不行，會有很多人受傷的！玄鳥，你快去告訴祝融，我們現在就去勸共工！」

玄鳥點了點頭，迅速飛走了。

靈賢、靈盼來到光明宮前，只見共工站在雲端，雙手揮舞，口中唸唸有詞地在施展法術，大水一浪又一浪地沖向光明宮。

光明宮附近的房屋都被大水沖倒了，好多人和牲畜都在水中拼命掙扎，大聲呼救。然而大水還在不斷地上漲，情況十分危急。

靈賢看到前面有一棵沙棠樹，上面結滿了紅彤彤的沙棠果。他趕緊對靈盼說：「快看！前面有沙棠果，人們吃了沙棠果就不會在水中下沉！咱們先去採一些，送給水裏的人們！」

靈盼聽了，眼睛一亮。兩人立刻跑到沙棠樹下，手腳麻利地採起了沙棠果。

他們抱着滿滿的沙棠果，跑到水邊，把果子分給水裏的人們。人們吃了沙棠果後，漸漸地有了力氣，在靈賢和靈盼的幫助下，艱難地爬到了岸邊。

可是，大水還在肆虐。靈盼着急地說：「這樣下去可不行，水太大了！我們得趕緊去勸共工停止施法！」

靈賢鼓起勇氣，來到共工面前，大聲喊道：「共工，快停下來吧！你看，好多人都被淹了，他們多可憐呀！」

靈賢還沒說完，突然空中傳來一聲怒吼：「大膽共工！你竟敢淹我的光明宮！」原來是祝融怒氣沖沖地飛了過來。

共工氣呼呼地說：「我討厭你！為甚麼人們都供奉你，卻不供奉我？我不服氣！」

祝融飛到共工面前，質問道：「你為甚麼要淹我的光明宮？」

祝融說：「我幫人們照明、取暖，讓人們在黑暗中有光明，在寒冷中有溫暖，人們自然感激我。」

共工不屑地說：「那有甚麼了不起！我能讓人們解渴。沒有水，他們都活不下去！」

祝融又說：「我還能幫助人們驅除野獸，保護他們的安全！」

共工也不甘示弱：「我可以幫助人
們灌溉農田，讓莊稼豐收！」

祝融接着說：「我能
幫人們烤魚，讓他們吃上
美味的食物！」

共工哼了一聲：「你烤的魚還是在我的水裏養的呢！」

他們你一言我一語，爭吵得越來越激烈。共工越說越生氣，他猛地一揮手臂，大聲喊道：「祝融，接招吧！」只見大水像瀑布一樣，再次朝着祝融沖去。

祝融也毫不畏懼。他施展法術，一團熊熊大火朝着共工飛去。他喊道：「共工，有甚麼了不起的！接招！」水火相遇，發出「滋滋」的聲音，濺起了巨大的水花和煙霧。

經過一番激烈的戰鬥，共工漸漸抵擋不住祝融的火勢，被打敗了。他羞愧極了，灰溜溜地躲到了山後。一些人看到共工被打敗了，紛紛嘲笑他。

靈盼看到後，連忙跑過去，大聲說：「大家不要這樣！共工雖然做錯了事，但我們應該給他一個機會。」

說完，靈盼跑到共工身邊。

「共工，你不要生氣啦，人們其實也很需要你。我這裏有《消氣寶典》，你看看，說不定心情會好起來呢！」

少室山
帝休果

「你可以吃個帝休果，吃完心情就會變好啦！我還可以把帝江找來給你跳舞，讓你開心開心！」

流沙

「或者我陪你到流沙去看看美麗的風景，那裏的景色可迷人啦，你的心情肯定會好起來的！還有還有，赤水女魃所在的地方正乾旱呢，你要是去那裏施法降水，他們一定會非常感謝你的！」

「哼！甚麼消氣寶典！我不服氣！」說罷，共工一把奪過《消氣寶典》，撕了個粉碎。

「你們都是一夥的！我誰都不相信！」又氣又怒又羞愧的共工失去了理智，突然用力地向不周山撞去！

只聽「轟——！」的一聲巨響！不周山倒了！

山上的碎石和山塊像雨點一樣嘩啦啦滾落下來，把共工壓在了山下。

這一撞，可闖了大禍！天空像被撕開了一個大口子，出現了一個大窟窿。天河裏的水從窟窿裏傾瀉而下，洪水夾雜着石頭不停地湧向人間。

瞬時，山間、田間到處都是水。人們被洪水沖得四處逃散，大家驚慌失措，四處奔逃。

靈盼着急道：「怎麼辦？沙棠果也沒有了！」

靈賢也十分焦急，他大喊喚來玄鳥：「玄鳥，天塌了一個洞！快把這個消息告訴女媧媽媽！」

玄鳥迅速朝着遠方飛去，靈賢、靈盼和乘黃看着玄鳥飛走的背影，心中充滿了擔憂。他們焦急地等待着女媧媽媽的到來，希望女媧媽媽能快點來拯救大家，讓人間恢復往日的平靜。

動力種子 Magic Bean

沉浸閱讀

多元化內容

主題涵蓋中國傳統文化、歷史、個人成長，內容應有盡有

配音隨時聆聽

配有普通話配音，隨時想聽就聽

實體書

電子版

精美圖畫細節滿滿

電子版獨有更寬、更大構圖，呈現更多細節

一個為兒童創作繪本，提供繪本閱讀和創作功能的電子平台。每年更新大量優質繪本，提供有趣的繪本互動功能，更具備獨創繪本「創讀」工具，讓兒童隨時閱讀、隨時創作，激發兒童的閱讀興趣和創造能力。

一點就變

長圖拖動變化

任意拖動人物互動

豐富閱讀體驗，
讓孩子養成閱讀習慣！

發揮創意

改編、創作兩大模式

配音功能

靈賢

请配音

取消 確定

故事人物個性配音，發掘聲音演繹天賦

創作功能

天馬行空隨意畫，激發孩子想像力

發揮孩子奇思妙想，
深入創造人物，改編精彩故事！

書友交流

分享討論繪本心得

查看好友閱讀動態

分享閱讀樂趣，
知己共同創讀！

即時訂閱，全年暢讀！

掃碼下載試用，了解更多！

山海經數字幻旅 2

共工怒觸不周山

在成長數字教育開發團隊　編繪

總策劃　楊江波　周建華
教育顧問　謝錫金　沈雪明
文案設計　王思琪　吳　非　張如婷　李曼琳
插畫設計　王　倩　劉　瑩　顧啟航
配樂創作　楊若辰
技術開發　臧明正　馬一凱　張軍成　劉　爽　祁自豪
地圖繪製　張相偉

責任編輯：潘沛雯
裝幀設計：在成長數字教育開發團隊
排　　版：在成長數字教育開發團隊
印　　務：劉漢舉

出版 | 中華教育
香港北角英皇道499號北角工業大廈1樓B
電話：(852) 2137 2338 傳真：(852) 2713 8202
電子郵件：info@chunghwabook.com.hk
網址：http://www.chunghwabook.com.hk

發行 | 香港聯合書刊物流有限公司
香港新界荃灣德士古道220-248號 荃灣工業中心16樓
電話：（852）2150 2100　傳真：（852）2407 3062
電子郵件：info@suplogistics.com.hk

版次 | 2025年7月第1版第1次印刷

規格 | 16開（244mm x 215mm）

ISBN | 978-988-8914-25-8